熊谷冬鼓句集

雨の日は

東奥日報社

目次

魚になる

七二句

魚になる例えば月の出ぬ夜は

タンポポの好きも嫌いもない飛翔

月の目を盗んで洗う足の裏

右巻きの渦だそ～っと降りてみる

蓋なんかするから開けてみたくなる

待つ方を選んでしまう　梅雨に入る

ぬかるみの一つは抜けた月明り

今日という納豆菌をかき混ぜる

合歓の花ふわり昨日のうろ覚え

連日の真夏日　鳩の赤い足

花火と花火の合間に話し合えたこと

渡された蛍に両手ふさがれる

行間に詰め込む薄っぺらな単語
背き合う傷の浅さを責めあって
「あ」のあとの言葉につまる置手紙

ヤドカリの捨てた貝から始めよう
茄子の花指切りなんて捨てなさい
正面に正座　反対できないよ

木洩れ日で洗う七月のくつ音

空き缶が蹴りたい位置に立ててある

開脚前転　着地が少しずつずれる

何度目の転職だろう歩道橋
振り向けばほどいた毛糸玉ばかり
アブナイアブナイきのうを濾過し始めてる

左手はリセットボタン探してる
それじゃって約束しない別れ方
非常灯　握り返せる掌でいよう

一煮立ちさせて忘れたことにする
カサコソと親から逃げてきた音だ
秋桜ゆれて温度差埋められぬ

オブラートくるりめくれて女とは
やがてそれはトンボに変わる貝拾う
明けきらぬ箱の四隅を確かめる

水鳥の飛び立つ朝に紛れ込む
四捨五入されてベンチの端にいる
出遅れた分だけ空を見渡せる

丁字路の右も左も手暗がり

きっかけが思い出せない茄子のヘタ

筆圧を変えて追伸書き終える

しつけ糸人の形にほつれゆく

セロリぽりぽり一人っきりの元通り

ざわざわの湖が私を離さない

まだ何も始まってない傘に雪

吊るされたコートにもある冬木立

靴ベラをするりと抜いて口約束

はみ出した粒あん獅子座流星群

裸木の向こうへ帰ってゆく夕陽

まだ冬を引きずっているカット絆

ちびてゆく鉛筆　乾燥注意報

虫ピンで作り笑いが止めてある

紙一枚男のくせに女のくせに

拾い読みしてる一日分のざらざら

にらめっこ笑えぬ方が負けである

さけ茶漬け明日のことは明日決める

踏み出せばきっと軽くなるきっと

聞き役に徹した壺とひび割れる

ドラえもんの声が責任転嫁する

真四角に切り取ってある通せんぼ

終点で降りて始発の切符買う

流されていますす私の一存で

綾取りを渡し損ねた指の節

鳳仙花はじけて道はそれぞれに

不器用な苛立ち取っ手のない扉

改行のさてが湿り気帯びてくる

ストローで吸うと弱気が顔を出す

聞き上手になれたらいいなふきのとう

熱弁に押されて柿は青いまま
落ち込んでいます石榴に笑われて
五年後は十年後はと亀の水搔き

空っぽの郵便受けにある真昼

照り返す椿の明日へ溶く絵の具

寝返りを打ってきのうを折りたたむ

雨の日は

七二句

軽々と跳ぶはずでした薄氷
切り札のボタン一個に吹雪かれる
動けない　動けない　白い水底

折り返し地点で貰う紙コップ

一歩引く癖が抜けない抹茶塩

メール来る小さな火種渡される

おざなりに自分らしくという呪文
反り返る歯ブラシ　私は悪くない
取り敢えずばかりに伸びる豆の蔓

百人に百ものがたり草の種

ため息が切り取り線にひっかかる

雨の日は雨のことだけ考える

敵陣に乗り込むときの眉もある
出るところに出たら私も風を産む
古紙きつく縛って春へ助走する

わたくしに手頃な箱は確保した
嬉しさが小指でひょいと持ち上がる
コスモスになろう腕立て二十回

仁王門さくら吹雪さくら吹雪

五月晴れ小鬼が屋根をとび跳ねる

笑うべきところで上手く笑えない

すみれたんぽぽ一日空を見てすごす

渡ろうとすれば傾く橋ばかり

あやふやに勝手に影はついてくる

野苺のすっぱさここが正念場

決めたのは私　ドクダミ真っ盛り

返さねば返せなくなる黒い傘

同情は要らない　一面苔の花

またねって桃の匂いを置いてゆく

残されて面取りばかりしています

一歩目を踏み出すまでの手の震え

透明になろうなろうとつんのめる

仮眠する答えの出ない湖抱いて

縄張りのようにシーツが干してある

母が逝く笹の葉裏を覗くよに

鴎の死連想ゲーム止めにする

空欄は空欄のまま皿洗う

封を切る　ふいにセロリの匂いする

メガネ拭く先ず利き足を出さなくちゃ

おぼろ夜に断続的に来る軋み
公園の鳩蹴散らして蹴散らして
替え芯がまだ見つからぬ桜闇

受け容れてしまえば月も太り出す

不格好ですが私の花筏

もう少し刺激が欲しい二色ペン

重心を少しずらして素に戻る

嫌われぬようにようにと綿毛布

切り過ぎたハンドルといる防波堤

賑やかに草の実つけて帰り着く

錠剤の転がる先のわた埃

紙相撲とんとん空き箱残される

ハンガーに吊るされたまま黄昏れる
切り捨ててしまった母の蝶結び
結び目に白いコスモス植えました

栗の花　止まったままの観覧車

躓いたあたりで拾う水の音

息継ぎの途中で値踏みされている

言い切って裸子植物の貌になる

袋小路どんどん痩せてゆくメール

軸足を決めてパセリのふりをする

叱られてばかりの母の花筏

亡母にふと呼ばれたようで傘とじる

これしきにこれっぽっちに負けている

全否定されてしまった遠花火

だんまりを決めた欠片を見せられる

アミダくじ一段ごとの水たまり

無理強いをしてはいないか百日紅

一陣の風だ中央分離帯

サバ煮缶言いたいことは云えたのか

別れきて言葉の欠片編んでいる

背かれた記憶静かなドラム缶

譲れないものあり傘は半開き

樟脳の匂い

七二句

油蝉黙らせ友の訃報くる

こめかみのあたりで水の漏れる音

けんけんぱ廃車置き場の月見草

木槿ほろほろ尺取虫になってゆく
紙そうと右に傾く左に傾く
膝抱いて波の引くのを待っている

無視された人差し指と夕焼ける

折り合いをつけてパセリのみじん切り

目立たないように海月と揺れている

襟足の不埒を誰に告げようか
雑巾を固く絞って死後のこと
とれかけた釦のままで引き返す

柿たわわ日常単語健忘症

ワカリマシタ藪の向こうも藪ですね

落ち葉掃くよくあることと宥めつつ

染め斑に夕焼け色を足してやる

こぼれ萩まだ戦える気はするが

充電中光るススキを分け入って

割り勘の間柄ですプチトマト

雨天決行抜け道ばかり探してる

屈伸をまだ続けてる手暗がり

草芼る　思い出せない亡母の声

綾とりの橋がどうにも架けられぬ

父のけむり見たはずなのにうろこ雲

伸びきった輪ゴム貧血気味である
この先に支えはないよ葡萄蔓
辻褄が合うまで駅をやり過ごす

樟脳の匂い　雪の来る匂い
人として時々吹雪いてみたりする
「要するに」の後に広がる雪原野

アルミ缶ぺこんぺこんと冬になる

ああでもないこうでもないと取る毛玉

冬鳥がよぎる独りでいる窪み

モザイクをかけるとパセリ喋り出す

寒の月伝えきれない音がある

たいくつな両手で作る雪つぶて

百円の傘にひゃくえんぶんの骨

抽斗のあらいざらいを陽に当てる

ダメ出しをしてもされても月おぼろ

言い訳が等間隔に挿してある
前言撤回ガンジガラメな至近距離
左心房あたりの不穏聴いている

マニキュアの似合わぬ指だ陽にかざす

春愁は終日お湯の出る蛇口

さくら並木それは見事で墓地に入る

苦手です世間話も線引きも
究極はなんて言い出す柿の種
それなりに光るしかない潮溜まり

乱筆を詫びてゆっくり岸辺まで

ヒトゲノム来世は合歓の花になる

曇天を剥がして夏を始末する

静脈が浮き出てからの電子辞書

どうしよう赤い切れ端渡される

割り切れぬままに漕ぎ出す紙の舟

雨になるミートソースの作り置き

逃げ水の思わせぶりは聞き飽きた

手のぬめり　解り合えるという誤算

雪融水父を跨いで母を跨いで

昼の月そろりこの掌を抜けたがる

遺伝子に組み込まれてた箱の角

生煮えのままで右折をくり返す

一ページ毎の段差に蹴つまずく

立ち位置に中途半端な但し書き

書き順を確かめている春の音

ねこやなぎ消化不良のまま芽吹く

匿っていたのは遠い日の滲み

トーストを銜えたままで他人の死

折鶴のしっぽは凛と飛ぶ構え

絶対の方程式が解けません

変わり目はこの辺だろうカギかっこ
引きつった笑いだ電池取り替える
見る位置をずらせば元の水溜り

潮溜まり

七二句

肯定も否定もしない白い語尾

一日一錠光らぬ石に水を遣る

ぎこちなく笑うゴシック体である

今更ののらりくらりを手でつぶす

潮溜まり　枯れるか腐るに○をせよ

吐き出した砂が他人の顔をする

踏み出せば土砂降りとなる自動ドア

パスワードぽんと見知らぬ海に出る

定年に見かけ倒しの椅子ばかり

蝶結びの端っこホイと持たされる
たら・ればに絡めとられて眠れない
ラップしたまでは記憶の片隅に

次に遇うまでに折れ目は消すつもり

軸足は左だったか右だったか

小春日をじっくり煮込む展開図

菜箸でさよならばかりつついてる
言い負けて両面コピーされている
重心が右に傾く膝がしら

生き下手で結構　キズ絆貼りかえる

カボチャ割る言い過ぎたとは思わない

無灯火の自転車　真冬の回覧板

割り込んできたのはゆるい鼻濁音
折り鶴を解いて舟に折りなおす
数あわせしてます冬の真ん中で

主電源抜いて一人の味噌おでん

同封のあっけらかんが答えです

春だものここで改行しなければ

荷をほどくまでは静かな段ボール

摘まれたと思い込んでた芽のその後

びん底の澱が私の分母です

とくめいで届く等身大の穴

白黒が微妙わたしのストライプ

年輪の歪みを幅と言い替える

豆もやし程の根っこで立っている
涸れてゆく川を抱いてる撫でている
プロローグ想いの丈は計るまい

折れススキ今更ばかり並べてる
肩肘を張ってたころの鰓呼吸
切れやすい紐を掴んでばかりいる

突き当たるまでは白だと言い張ろう
これ以下も以上もなくて曼珠沙華
引き止める多分ときっと行き来して

否定から始まる棘の平方根

打ち明けて森を味方にしてしまう

曖昧でいいこともある紙の月

見開きはさくらのページいざ行かん

孤食です春を一輪挿してます

自転車に初めて乗れた日の落暉

追伸であっさり自白してしまう

口止めをされて葉桜らしくなる

仮面二個ときどき用途間違える

平和だなハエ一匹を取り逃がす

押し洗いしてます　夏が終わります

一日を仕舞う水溶き片栗粉

象の鼻結果ばかりを聞きに来る

勘違いばかりしているゴムホース

「忘れる」の五段活用ざらめ雪

寂しくはないかキュッキュと拭く鏡
生きてますたっぷり結露抱いてます
クモの巣に絡めとられた音がある

スギナ抜く　ざわつく指は隠さない

味方だと思い込んでた丸い月

水平かどうかを計る洗面所

ひとつずつマス目を埋めて秋日和

これからもへっぴり腰を携えて

ほどほどの波を待ってる潮溜まり

うっかりと覗く隣の万華鏡

どこまでが必然だろう箒星

抑揚をつけて白紙にする話

補助線が目立たぬように引いてある

砂時計のくびれをするり墜ちてきた

効果音ばかり気にして落ち椿

セロリの匂い

七二句

湯剥きしたトマトの声を聞き逃す

くすぶったままの花火が手に残る

行列に並ばされてる窪んでる

まっすぐに言えぬ殻つきピーナッツ

道半ば斜に構えてばかりいる

葉桜になればなったでややこしい

それならと延長コード渡される
元気です思い込みかも知れないが
あれもこれもそれもと寄せる蝉しぐれ

おしなべて味方と思うことにする

綿毛吹く　思い過ごしだといいが

鳳仙花はじけて最後尾は　雨

右肩はいつも遅れてやって来る

偶然は必然　カケスの羽拾う

サボテンの棘はささったままですか

言い含めるように遮断機降りてくる

ぶお～んと音叉　谺は返らない

裏返る声を時々撫でてやる

鈍色の空と残量確かめる

傘畳むもしもときっとない交ぜに

てにをはが誤解の種を置いてった

脱皮した殻も捨てずにとってある

消費期限まだまだあるぞふくらはぎ

引き返す度に大きくなる氷

雨止んで瞬発力が試される

ズッキーニの切り口　夏の一ページ

裏返す黄ばみ始めた大丈夫

一筆箋はらり雨から雪になる

関節にきしみ　スイッチ切り替える

登り口いつも躓く石がある

人としてどうだろなんて言われても

結局という口癖をなぎ倒す

立ち上がる　コップの水を飲み干して

コスモスが一輪　午後の文庫本
吹き出しは擬音ばかりで過ぎてゆく
気の利かぬ多面体です浮いてます

八月の雨を待ってる石畳

留守電に折れた芒の掠れ声

とってある泣き虫だったころの空

うろたえていたのは秋の膝頭

何もしてやれない土手の飛行雲

ビー玉のアキレス腱に水を遣る

矢印が否応なしにやってくる
弟の沼の深さよ何度でも
気が付けば亡母の廊下に立っていた

枯れた掌が吹雪百枚置いてゆく

惜別やセロリの匂い手に残し

ハンガーに三年前が掛けてある

巻き戻しなんてできない落ち椿

咄嗟には言葉にできぬ凍み豆腐

惜しさのまん前に置くハエタタキ

大丈夫雲形定規に変えたから
蛇口全開　らしくないって言われても
行列を見ると屈伸してしまう

吾亦紅打たれ強くはなったはず

加担したほうは無難な棒ばかり

平常心平常心とカシスジャム

さじ加減の匙が所により曇り
過去形にすこうし色を盛りました
どうせまたなんて言い出す海苔の缶

楽なほうへ楽な方へと降りてきた
雨止んで同じ匂いのする方へ
貰うのは苦手　お返しも苦手

勧められた椅子に浅めに掛けている

パン焦がす　昨日の点が線になる

繰り言の姉には姉の沼がある

過ぎた日のどこを切っても鰯雲

ゼッタイを抱いてたらしい孵らない

先攻でいきます非力なゴムですが

鏡拭く一生ものの鼻の位置

なぞ解きの途中でパスタ茹であがる

雨の日の片足立ちのふくらはぎ

あとがき

趣味や習い事は三年もすると飽きてくる質だったのですが、川柳との付き合いは二十年余になりました。職場と自宅との往復に何か目新しいことはないかと市民講座に申し込んだのがきっかけでした。そんな私がこうして長い間続けてこられたのは人との縁、句との縁だったのだろうと思っています。それと実生活では切り離せない本名を柳号に変えたことも大きな要因だったと感じています。潮溜まりでプランクトンを待っているイソギンチャクのような自分の性格が川柳を始めたことで変わった気がしています。また十年ほど前から柳社の会計を預かることになりパソコンを買いました。スタッフとして行動範囲も広がり、パソコンによって見えてくる世界も少し広がりました。必要最小限のことしかできていませんがパソコンとの縁も川柳でした。自分の中から想いが湧いてくるタイプではないので、今でも作れない苦しみの連続ですが、これからもこの縁を広げていけたらと思っています。そしてこの縁に川柳を始める新たな人が増えてくれることを願っています。

この度思いがけなく「東奥文芸叢書」に参加させていただくことになり、改めて当初の柳誌も読み返し、忘れていた諸々に再会できました。句に関しては大した進歩も変化も無いようで気恥ずかしい限りですが、振り返る機会をいただいたこと、これまでの二十年を形にできたこと、これも縁だろうと思っています。感謝申し上げます。

二〇一六年二月

熊谷冬鼓

著者略歴

熊谷冬鼓（くまがい　とうこ）

一九四九年十一月、青森市生まれ。一九九三年、市民講座で川柳を受講。その後講師の北野岸柳氏主宰の「川柳フォーラム洋燈」に参加。一九九六年から蟹田町（外ヶ浜町）のおかじょうき川柳社句会に参加。二〇〇八年から外ヶ浜町ジュニア川柳選者の一人に。

おかじょうき川柳社会員・川柳研究「陽の会」所属

住所　〒〇三九—三五〇二
青森市久栗坂浜田八七—二
電話（FAX）　〇一七—七五二—三七五九

東奥文芸叢書　川柳29

熊谷冬鼓句集　雨の日は

発　行　二〇一六（平成二十八）年五月十日
著　者　熊谷冬鼓
発行者　塩越隆雄
発行所　株式会社　東奥日報社
〒030-0180　青森市第二問屋町3丁目1番89号
電　話　017－739－1539（出版部）
印刷所　東奥印刷株式会社

ISBN－978－4－88561－236－7　C0092　￥1200E

東奥日報創刊125周年記念企画

東奥文芸叢書　川柳

高田寄生木　千島　鉄男
岡本かくら　岩崎眞里子
渋谷　伯龍　高瀬　霜石
野沢　省悟　工藤　青夏
む　さ　し　千田　和美
斉藤　劦　須郷　井蛙
佐藤　古拙　角田　古錐
笹田かなえ　福井　陽雪
滋野　さち　鳴海　賢治
斎藤あまね　内山　孤遊
杉野　草兵　小林不浪人
後藤蝶五郎　梅村　北仙
豊巻つくし　吉田　州花
沼山　久乃　佐藤とも子
熊谷　冬鼓　沢田百合子
（既刊は太字）

東奥文芸叢書刊行にあたって

青森県の短詩型文芸界は寺山修司、増田手古奈、成田千空をはじめ日本文学界をリードする数多くの優れた文人を輩出してきた。その流れを汲んで現代においても俳句の加藤憲曠、短歌の梅内美華子、福井緑、川柳の高田寄生木など全国レベルの作家が活躍し、その後を追うように、新進気鋭の作家が次々と現れている。

1888年（明治21年）に創刊した東奥日報社が125年の歴史の中で醸成してきた文化の土壌は、「サンデー東奥」（1929年刊）、「月刊東奥」（1939年刊）への投稿、寄稿、連載、続いて戦後まもなく開始した短歌・俳句・川柳の大会開催や「東奥歌壇」、「東奥俳壇」、「東奥柳壇」などを通じて、本州最北端という独特の風土を色濃くまとった個性豊かな文化を花開かせてきた。

二十一世紀に入り、社会情勢は大きく変貌した。景気低迷が長期化し、核家族化、高齢化がすすみ、さらには未曾有の災害を体験し、その復興も遅々として進まない状況にある。このように厳しい時代にあってこそ、人々が笑顔と元気を取り戻し、地域が再び蘇るためには「文化」の力が大きく寄与することは間違いない。

東奥日報社は、このたび創刊125周年事業として、青森県短詩型文芸の優れた作品を県内外に紹介し、文化遺産として後世に伝えるために、「東奥文芸叢書（短歌、俳句、川柳各30冊・全90冊）」を刊行することにした。「文化」の力は地域を豊かにし、世界へ通ずる。本県文芸のいっそうの興隆を願ってやまない。

平成二十六年一月

東奥日報社代表取締役社長　塩越　隆雄